L'homme qui voulait être heureux

FichesdeLecture.com

L'homme qui voulait être heureux (Fiche de lecture)

I. INTRODUCTION

L'homme qui voulait être heureux, paru en 2008 aux éditions Anne Carrière, a connu un succès non attendu grâce au bouche-à-oreille. Spécialiste du développement personnel, l'auteur, Laurent Gounelle, est un écrivain et psychanalyste français. Passionné par les cultures différentes, il parcourt le monde à la rencontre de sages d'horizons divers. Ce roman caracole en tête des ventes de libraires depuis plusieurs mois. Plus qu'un simple récit, *L'homme qui voulait être heureux* est aussi une sorte de guide permettant au lecteur de trouver le chemin du bonheur.

II. RÉSUMÉ

Bali : ses plages, ses paysages, sa douceur de vivre… L'endroit a tenté Julian. Le jeune instituteur a décidé d'y passer ses vacances et son séjour le ravit. Entre repos, baignades quotidiennes, visites et découverte de la culture locale, il profite pleinement de son congé. Mais il n'est pas question pour lui de repartir avant d'avoir rencontré Maître Samtyang. Le vieux sage a une réputation si extraordinaire (il soignerait même le premier ministre du Japon !) que la curiosité de Julian a été saisie. Bien qu'il ne souffre d'aucun mal particulier, l'enseignant veut absolument voir ce fameux Samtyang sous un prétexte quelconque. Quelques jours avant son départ, il se rend donc à l'adresse indiquée.

La villa du docteur est jolie, mais sans fastes. Le vieillard accueille Julian très gentiment et s'enquiert des raisons de sa visite. L'instituteur, un peu ennuyé, explique qu'il n'est pas malade, ne souffre de rien, mais qu'il pourrait peut-être être un petit plus heureux. Après un examen de la tête aux pieds, le verdict tombe : Julian est malheureux. La preuve : la douleur qu'il ressent dans son orteil quand le sage le touche à cet endroit précis.

Maître Samtyang essaie de comprendre la raison de ce malheur. Julian, qui se sentait heureux deux minutes auparavant, se voit confier qu'il regrette de ne pas être en couple. Selon lui, la raison principale de son célibat réside dans… sa maigreur ! Maître Samtyang le raisonne : ce n'est pas sa maigreur n'est pas responsable de son célibat, mais plutôt la vision qu'il a de lui-même. Il est nécessaire de s'aimer pour plaire, car l'on reflète ce que l'on pense de soi. À la fin de l'entretien, maître Samtyang convoque Julian pour un autre rendez-vous, persuadé que sa maigreur n'est pas le seul explicatif à son mal-être.

En rentrant chez lui, Julian réfléchit à cet échange passionnant. Surpris positivement par cette rencontre dont il n'attendait rien, il est impatient de retourner chez le sage. Il s'y rend donc dès le lendemain. Cette fois, ils discutent de la perception du monde. Chacun a sa façon d'appréhender le monde et chacun est persuadé que le monde tel qu'il le voit est le monde tel qu'il est. Le vieil homme demande à Julian de réfléchir pour la fois suivante à ce qu'il aimerait faire de sa vie si tout était possible. Il doit aussi effectuer des recherches sur les pouvoirs des placebos.

Julien fait consciencieusement « ses devoirs » et est impressionné par les résultats qu'il trouve sur les placebos. La foi peut déplacer des montagnes. Impatient de partager ses découvertes, il est terriblement déçu lorsqu'il apprend que le vieil homme s'est absenté pour la journée. Il lui a tout de même laissé des instructions écrites : Julian doit escalader un mont tout proche, et dresser une liste des obstacles qui l'empêchent de mener la vie dont il rêve. Julian n'a pas le courage de gravir la montagne et préfère paresser.

Le lendemain, Julian et son guérisseur passent en revue son projet de vie : devenir photographe professionnel. Ils analysent les difficultés et les sacrifices nécessaires pour réaliser ce projet. Il faut que Julian surmonte ses appréhensions, car le jeu en vaut la chandelle. Et si c'est difficile, le succès n'en sera que plus beau. Julian aura besoin d'être épaulé pour créer son atelier de photographe, mais il n'ose pas demander d'aide à ses connaissances de peur d'être rejeté. Afin d'apprendre à surmonter cette peur, il est chargé de récolter cinq « non » à des demandes qu'il formulera à des inconnus. Surmontant son appréhension, il demande divers services à des passants et constate que la plupart du temps, les gens sont disposés à aider. La récolte d'un non de son voisin de bungalow finit même par le ravir !

En discutant à nouveau de son projet, Julian constate qu'il ne pourra pas le mener à terme. Il craint d'être rejeté par sa famille d'intellectuels s'il s'engage dans une branche artistique. Maître Samtyang le rassure : sa famille l'aime pour ce qu'il est. Le sage l'encourage dans cette voie artistique qui semble lui correspondre. Il lui fournit aussi des conseils pratiques pour monter son projet : s'entourer de gens qui croient en lui, chercher le défi, ne pas courir après l'argent… Il lui fait aussi prendre conscience qu'il n'est pas forcé de vivre une vie qu'il ne lui plait pas : on a toujours le choix.

Sur ce, il laisse Julian faire un choix cornélien : rentrer en France le lendemain et manquer une dernière séance essentielle avec son mentor, ou payer des frais exorbitants pour reporter son vol d'une journée et participer à cette dernière séance.

Prenant sur lui, Julian finit par reporter son retour, tant l'apprentissage du vieillard lui ouvre les yeux sur sa vie. Seulement, quand Julian se rend chez Maître Samtyang, il n'est pas là. Il lui a juste laissé un message écrit : en donnant de sa personne, de son temps et de son argent pour quelque chose qui lui tenait à cœur et qui n'arrivera pas (une dernière séance), Julian a appris ce qu'est la déception. Cette étape fondamentale de son apprentissage lui permettra de s'aventurer à monter son projet, car il saura qu'il sera capable de surmonter la déception d'un échec. D'abord furieux, Julian comprend rapidement la force et la sagesse de ce message. Il part gravir la montagne qu'il n'avait pas eu le courage d'affronter quelques jours auparavant.

Avant de quitter Bali, Julian croise une petite fille sur la plage. Elle aimerait devenir capitaine de navire, mais son grand-père l'a découragée. Julian, qui semble avoir compris la leçon de son maître spirituel, lui confie que chacun est libre de sa vie et qu'on a toujours le choix.

III. ANALYSE DES PERSONNAGES

Julian

Le jeune instituteur n'a pas choisi Bali pour multiplier les visites entre touristes. D'un naturel tolérant et curieux, il essaie de passer du temps auprès des habitants locaux afin de comprendre leur culture, leur vie, leurs valeurs. Installé dans un petit bungalow, il profite le soir du calme de la plage et se promène en journée, à la recherche de contacts et de culture.

La rencontre avec le sage balinais est une vraie révélation et il écoute avec passion les enseignements du vieil homme. Tel un psychologue, ce dernier l'analyse et lui permet d'aller encore mieux. La raison du malheur de Julian est notamment qu'il n'est pas épanoui dans son métier. Julian vient d'une famille d'intellectuels où seules les professions qui font appel à l'intelligence sont reconnues. En discutant avec maître Samtyang, il réalise qu'il aime son métier, mais aspire à une profession plus artistique. Il est particulièrement attiré par la photographie et dans ses rêves les plus fous, aimerait ouvrir un atelier spécialisé dans les photos de mariage prises sur le vif. La crainte de ne pas réussir, de ne pas être doué, de ne pas être reconnu par ses proches dans ce métier... : toutes les excuses sont bonnes pour ne pas se lancer. Avec l'aide de Maître Samtyang, Julian parvient petit à petit à prendre conscience de son projet, des moyens pour le réaliser et des raisons aux excuses qu'il se trouve.

Alors qu'il avait contacté le vieil homme par curiosité et amusement, il se laisse rapidement séduire et impressionner par la sagesse de son interlocuteur. À travers diverses discussions dans lesquelles il s'implique de plus en plus, Julian apprend énormément sur la vie en général, sur les autres et surtout sur lui-même. Il comprend notamment que sa peur de prendre des responsabilités, de faire appel aux autres ou de refuser de se lancer dans des projets qui lui tiennent à cœur vient de sa peur de l'échec et du refus. Ayant peur d'être rejeté, il préfère encore ne pas tenter et ne pas prendre le risque d'échouer.

Ce séjour à Bali semble avoir fait énormément de bien à Julian. Il sait ce qu'il veut dans la vie, croit en lui et semble bien dans sa peau. Il a tiré des enseignements des discussions et des expériences vécues avec Maître Samtyang. Il tente systématiquement de comprendre pourquoi il agit et pense comme il fait et comment il pourrait penser plus positivement.

Maître Samtyang

Maître Samtyang est un vieux médecin balinais dont le talent, l'écoute et la sagesse sont réputés jusqu'au Japon. Il habite très simplement une jolie villa sans fastes et reçoit aussi bien des hommes simples que riches et puissants. On ne connaît pas exactement le domaine dans lequel il travaille, mais il attache de l'importance à lier le bien-être du corps et de l'esprit, et est particulièrement calé sur les questions psychologiques. Direct, franc, concret, il sait faire passer des messages à ses patients pour qu'ils se sentent mieux. Travaillant à la manière d'un maître d'école, il donne des « devoirs à la maison » qui permettent d'apprendre de manière ludique et concrète. Maître Samtyang dispose d'un calme et d'une autorité naturelle. Mystérieux, il n'hésite pas à garder sa part de secret. Il ne dévoile ainsi pas comment il connaît toutes les dernières études scientifiques menées aux États-Unis et en Europe aussi bien que les stars d'Hollywood alors qu'il vit au fin fond d'un village reclus de Bali. Une autre de ses caractéristiques est qu'il n'est pas attaché à l'argent. Il vit simplement, et ne demande pas à Julian de le payer pour ses séances. Il lui suffit de savoir que l'instituteur transmettra son enseignement.

L'essentiel du roman tourne autour de ces deux personnages principaux. Julian rencontre toutefois plusieurs personnages au cours de ses exercices pratiques et se met à les analyser. Deux personnages récurrents de second plan sont ses voisins de bungalow, les Hollandais Hans et Claudia. Julian prend plaisir à les observer, car ils sont très typiques. **Hans**, personnage assez obtus, désagréable et peu sociable, est dans une logique de toujours aller de l'avant pour ne pas perdre. **Claudia**, au contraire, est gentille, sociable, et s'efface devant son mari. Elle accepte son quotidien, car elle considère que la vie est une question de chance.

IV. ANALYSE DE L'ŒUVRE

Un roman accessible à tous

Laurent Gounelle utilise un vocabulaire, un style d'écriture, une longueur de récit et un ton qui font de ce roman un livre adapté à tous. Pas de lourdeurs ou de tournures de phrases alambiquées, le style est simple et direct. L'important est que le lecteur comprenne le message. Le métier de l'auteur (psychanalyste lui-même) et de ses personnages (un instituteur et un sage psychologue) est de transmettre des idées, de discuter, de faire progresser (son élève ou son patient), d'où une grande pédagogie. Le livre est ludique, autant par son écriture que par la sorte d'interaction qui survient entre le lecteur et le sage balinais. En effet, par le biais de Julian, le lecteur peut tenter d'appliquer les propres exercices demandés à lui-même.

D'autre part, l'histoire sous-jacente est agréable, on y parle de bien-être, de culture et de paysages de Bali, de vacances. L'ensemble est court et se laisse lire très facilement. La forme prédominante, le dialogue, est distrayante et adaptée à sa forme « séance chez le psy ».

Un récit sous forme de séance de psychanalyse

En effet, si *l'homme qui voulait être heureux* est un roman, il n'a pas pour seul but de distraire, mais aussi de réfléchir sur soi et de comprendre les raisons qui expliquent parfois pourquoi nous ne sommes pas totalement heureux. La totalité du récit tournant autour des visites de Julian chez Maître Samtyang et du bien que cela lui inspire, le lecteur a l'impression d'assister à une séance privée chez le psychanalyste. Par le biais de Julian, il peut soit se sentir mieux et comprendre son mal-être en se posant les bonnes questions, soit éprouver la sensation que les psychologues peuvent aider. Aller chez le psy est très à la mode, et Laurent Gounelle explique par son roman comment cette science inexacte permet d'aider à se sentir mieux. Après la lecture du livre, on se sent empli de la sagesse du maître balinais et plein de courage pour entamer des projets qui nous tiennent à cœur.

Des conseils pratiques

Maître Samtyang prodigue des conseils terre à terre à Julian qui peuvent être suivis simplement par le lecteur, car facilement transposables. Par ses remarques sensées et optimistes, le sage permet de prendre conscience de certaines habitudes et soucis occidentaux néfastes au bonheur, de qui permet de prendre du recul. Il aide Julian à identifier la source de son malheur et à le surmonter.

Ensemble, les deux hommes abordent de nombreux thèmes comme l'amour, l'ambition, les relations familiales, le regard des autres, les complexes ou encore l'argent.

À titre d'exemple, prenons les conseils de Maître Samtyang sur les complexes. Avec Julian, il en analyse leur origine et la manière de les surmonter.

Julian est célibataire et attribue ce fait à sa maigreur : quelle femme voudrait d'un homme maigre ? En se focalisant sur ce défaut, Julian ne s'accepte pas comme il est et n'ose pas aller vers les filles, persuadé qu'elles le rejetteront à cause de sa maigreur. En conséquence, il renvoie une image de quelqu'un de complexé et peu séduisant. Il est nécessaire de s'aimer pour plaire, car l'on reflète ce que l'on pense de soi.

Notre perception de nous-mêmes nous vient de trois sources principales : nos parents, notre environnement de manière plus générale, particulièrement pendant l'enfance (amis, professeurs, collègues...) et les conclusions que l'on tire de nos expériences vécues. À travers le regard des autres, leurs commentaires, et les leçons tirées de notre vécu, nous assimilons une image de nous même et nous comportons en accord avec cette croyance. Ainsi, une personne que l'on a toujours flattée se considérera comme séduisante, se comportera comme telle, et séduira donc réellement.

Dans la même collection en numérique

Les Misérables
Le messager d'Athènes
Candide
L'Etranger
Rhinocéros
Antigone
Le père Goriot
La Peste
Balzac et la petite tailleuse chinoise
Le Roi Arthur
L'Avare
Pierre et Jean
L'Homme qui a séduit le soleil
Alcools
L'Affaire Caïus
La gloire de mon père
L'Ordinatueur
Le médecin malgré lui
La rivière à l'envers - Tomek
Le Journal d'Anne Frank
Le monde perdu
Le royaume de Kensuké
Un Sac De Billes
Baby-sitter blues
Le fantôme de maître Guillemin
Trois contes
Kamo, l'agence Babel
Le Garçon en pyjama rayé
Les Contemplations

Escadrille 80

Inconnu à cette adresse

La controverse de Valladolid

Les Vilains petits canards

Une partie de campagne

Cahier d'un retour au pays natal

Dora Bruder

L'Enfant et la rivière

Moderato Cantabile

Alice au pays des merveilles

Le faucon déniché

Une vie

Chronique des Indiens Guayaki

Je voudrais que quelqu'un m'attende quelque part

La nuit de Valognes

Œdipe

Disparition Programmée

Education européenne

L'auberge rouge

L'Illiade

Le voyage de Monsieur Perrichon

Lucrèce Borgiu

Paul et Virginie

Ursule Mirouët

Discours sur les fondements de l'inégalité

L'adversaire

La petite Fadette

La prochaine fois

Le blé en herbe

Le Mystère de la Chambre Jaune

Les Hauts des Hurlevent

Les perses

Mondo et autres histoires

Vingt mille lieues sous les mers

99 francs

Arria Marcella

Chante Luna

Emile, ou de l'éducation

Histoires extraordinaires

L'homme invisible

La bibliothécaire

La cicatrice

La croix des pauvres

La fille du capitaine

Le Crime de l'Orient-Express

Le Faucon malté

Le hussard sur le toit

Le Livre dont vous êtes la victime

Les cinq écus de Bretagne

No pasarán, le jeu

Quand j'avais cinq ans je m'ai tué

Si tu veux être mon amie

Tristan et Iseult

Une bouteille dans la mer de Gaza

Cent ans de solitude

Contes à l'envers

Contes et nouvelles en vers

Dalva

Jean de Florette

L'homme qui voulait être heureux

L'île mystérieuse

La Dame aux camélias

La petite sirène

La planète des singes

La Religieuse

À propos de la collection

La série FichesdeLecture.com offre des contenus éducatifs aux étudiants et aux professeurs tels que : des résumés, des analyses littéraires, des questionnaires et des commentaires sur la littérature moderne et classique. Nos documents sont prévus comme des compléments à la lecture des oeuvres originales et aide les étudiants à comprendre la littérature.

Fondé en 2001, notre site FichesdeLectures.com s'est développé très rapidement et propose désormais plus de 2500 documents directement téléchargeables en ligne, devenant ainsi le premier site d'analyses littéraires en ligne de langue française.

FichesdeLecture est partenaire du Ministère de l'Education du Luxembourg depuis 2009.

Plus d'informations sur www.fichesdelecture.com

ISBN: 978-2-511-03019-6

Notes :